KB147919

시안황금알 시인선 13

집 한 채

임강빈 시집

시안황금알시인선 13

집 한 채

초판인쇄일 | 2007년 06월 07일
초판발행일 | 2007년 06월 14일

지은이 | 임강빈
편집인 | 오탁번
펴낸곳 | 도서출판 황금알
펴낸이 | 김영복

주   간 | 김영탁
편집실장 | 조경숙
₮지디자인 | 칼라박스
주   소 | 서울시 중구 필동2가 124-11 2F
전   화 | 02)2275-9171
팩   스 | 02)2275-9172
이메일 | tibet21@hanmail.net
홈페이지 | http://goldegg21.com
출판등록 | 2003년 03월 26일(제10-2610호)

ⓒ2007 임강빈 & Gold Egg Pulishing Company Printed in Korea

값 6,000원

ISBN 978-89-91601-40-6-03810

*이 책 내용의 전부 또는 일부를 재사용하려면 반드시 저작권자와 황금알
 양측의 서면 동의를 받아야 합니다.
*잘못된 책은 바꾸어 드립니다.
*저자와 협의하여 인지를 붙이지 않습니다.

시안황금알 시인선 13

집 한 채

임강빈 시집

황금알

한국 남자 평균 수명을 가뜬히 넘어섰습니다
이 초라한 시집도 그 덕인 셈입니다

파고는 높았지만 평범하게 살고 싶었습니다
지금도 평범을 사랑합니다

갚을 빚은 그대로입니다
너무 서두는 게 아닌가 자성도 합니다

2007. 초여름
구봉산 아래에서
임강빈

차 례

2부

슬픈 격상

3부

거짓말

4부

5부

기대라 한다

1부

민들레

이사

마당이 없는 집으로 이사했다

처음엔 잔칫날 같아 들뜨기도 했지만
사글세 전세로 자주 전전하면서
내가 가난하다는 것을 알았다

삼십 년 넘게 쌓인
먼지를 털었다

미당에 서 있는 감나무
그 나뭇잎이 간댕거린다
섭섭하다는 표정

마지막이지 싶다
다음은
이삿짐 챙길 일도 없을 것이다

쓰러질 듯

쓰러질 듯 쓰러질 듯하다가도
아직 한번도 그런 일 없는
나의 지병持病

가을 지나고
된서리가 내려도
용케 쓰러지질 않았다

들판에는
하얀 수염을 한
억새가 흔들리고

수로변에는
갈대가 사각사각
흔들리고 있었다

불규칙하지만
바람에 흔들린다는 것은
기막힌 아름다움 아닌가

시간

남자 평균 수명을
거뜬히 넘어섰습니다
일찍 간 친구들에게 미안합니다
너무 지루하게 기다리게 했습니다
길게 살았으면서도
살았다는 실감이 나지 않습니다
허둥거린 시간이 많아서 그럴 겁니다
짓눌린 시간 때문에
나도 모르게 등창이 났습니다
그래도 행복했습니다

거두어들일 시간이
얼마 남지 않았습니다
부리나케 쏘다니겠습니다
산천경개를 두루 다니며
예쁜 것 아름다운 것에 취하겠습니다
미구에 신고하는 날
그래도 아름다웠노라
땅땅거릴 작정입니다

녹취錄取

언젯적 임강빈인데
지금도 시 쓰나?

그의 배경엔
자주 비가 내렸지

이슬비 같은
갑자기 퍼붓는 장대비 같은

눈물 그렁그렁

왜 그토록 사랑했을까

글쎄?

민들레

마당에
노란 민들레가 피었다

전쟁도 아닌데
간밤에 낙하산 부대가 내려왔다

사뿐히
은밀히 숨으라는 명령에 따랐다

총성은 없었다
더는 머물 이유가 없어 복귀하기로 했다

가볍게 가볍게
짐을 꾸려라

낙오되면 어떡하느냐고
한 병사가 애걸복걸한다

갓털의 준비는 끝났다

출발이다

표표히 공중으로 올라갔다
가벼워서 좋았다

귀

언짢은 말이나
가시 섞인 언사면
귀담아 듣지 말고
한귀로 흘려버리라고 하지만
그 조절이 안 된다
이순도 훨씬 넘은 나이에

지난 홍수 때
수위가 몹시 위태로워
댐의 수문을 열어놓았다
거대한 물줄기와
굉음의 낙하
모처럼 귀가 환히 뚫렸다

연신 귀를 후빈다
가을이다
맑은 가을이다
그냥 버리기 아까운 것들
한쪽으로 치우고
하늘까지 귀를 비워놓기로 한다

누수漏水

며칠을 두고
굵은 빗소리가 요란하다

벽이 눅눅하다
틈새로 비가 새는 모양이다

방수제로 손본 지
얼마 안 되었는데

집도 주인도
함께 늙어간다

친구 이름도 성도
약속 시간도 까먹는다

이런 일이 되풀이된다
나의 누수 현상이다

편하지 못한 세상이 훌쩍 지났다
앙금이 얇게 가라앉는다

소나기

갑자기 소나기가
아스팔트를 세차게 때린다
탁탁 튀는 빗방울
낮은 곳으로 낮은 곳으로 가는 건데
허둥대다가
맨홀로 모여들었다

맨홀로 황급히 쏠렸다
시내를 거쳐
강물에 이르기까지
지금은 태연하지만
짐짓 여유까지 부리지만
힘든 시작이었다

처음 만난 그날의
아우성을 기억하는가
아직 끝난 것은 아니지만
한 칠십 년 넘게 살다보면
그런 기미가 내게로 올까
넉넉함이 생길까

앵두꽃

앵두꽃이 바글바글하다
비가 오셔서
오래는 견디지 못하고
하얀 꽃들이 땅에 눕는다

술래잡기하느라
요란 떨던 굴뚝새 말고는
외갓집 뒤꼍의 앵두나무
그것을 꼭 닮았다

땅에 묻혀서
편안하신 줄 알고
안부도 뜸한 채 살아왔는데
파묘하여 화장했다는 소식

빨갛게 익어버린 앵두
가지가 휘도록 총총한데
외할머니 아린 소식
그 후로는 뚝 끊겼다

자연 구경

집사람은
툭 하면 자연 구경 간다고 한다
춘삼월
방안에만 있으니 얼마나 답답하랴

그 자연 구경이란 게 별거 아니다
교외로 휙 한바탕 바람 쐬는 일
이 단조로운 코스지만
어제 다르고 오늘 다르다는 것
자연의 소리가 귀에 들어온단다

자연 구경은
당신이 한수 위라고 퉁명스레 건넨다
대꾸가 없다
감동에서 아직 깨어나지 않은 모양

봉사를 핑계로
자연 구경 나도 슬슬 나서볼까 한다

그림자

모두 서쪽으로 향했다
사람들의 그림자는
유독 살이 빠져서 길다

얼마나 긴 시간을
터벅터벅
여기까지 걸어왔을까

그림자가 긴 것은
죄도 그만큼 길어졌다는 것
그걸 지우느라 애먹었다

접경에 왔다
점점 어둑어둑해진다
그림자가 아직은 희미하다

우리집 마당

우리집 마당은 비어 있다
비어 있어 편안하다
햇살은 달랑 누워서 좋고
바람은 와도
싫증나지 않는 바람이라 좋다

결명자는
겨드랑에 노란 꽃을 달고
낮 경비에 임한다
잎들은 하루의 무사함을 위로하고
그리고 포옹한다

해질 무렵 분꽃은 일어나서
칠흑 같은 밤 경비를 선다
이 집 주인은
가을 풀벌레 소리라면 예민하다
끊기는 일 없도록 각별히 신경을 쓴다

아침이 되면

뜨겁던 포옹을 풀고
분꽃과 다시 교대를 한다

교대하는 의식은 따로 없지만
철저히 지킨다

그놈

나는 당뇨병으로
살얼음 밟듯 조심스레 살아가는데
눈에 기어이 이상이 왔다 한다
실명할 수도 있다고 야코 죽인다
순간 그놈 얼굴이 떠오른다
장님이 된다?
그것은 나락이다

봄나들이 가다가
오줌이 마렵다는 바람에
차에서 내렸다
바지를 벗기가 무섭게
길게 포물선으로 갈긴다
제법 오줌발이 세다
음, 물건이 될까 내심 바랐다

할아버지가 컴맹인 줄 알면서도
심심하면 보챈다
컴퓨터 배워요

내가 가르쳐줄게
아주 간단해
편지를 주고 받고 얼마나 좋아

그놈은
내가 대단한 시인쯤으로 알고 있다
훗날 검색하다가
시시한 할아버지라는 것을 알게 되면
얼마나 실망이 클까
괜한 걱정거리가 하나 생겼다

간단명료

시인 한분이
처음으로 우리집을 찾아와
한번 휘둘러보더니
참, 간단명료하다고 했다

거실 소파도 버린 뒤였고
변변한 가구도 없고
액자 하나 붙어 있지 않아
썰렁하니
정곡을 찌른 셈이다

흔히들 나의 시를 보고
간단명료하다고들 한다
칭찬인지 폄하인지는 몰라도
별 거부감을 느끼지 않는다
무엇을 따진다거나
복잡한 것은 질색이다

간단명료

나에게 썩 어울린다
그러고 보니
집과 그 주인은
찰떡궁합 아닌가

촌극 寸劇

외가가 계룡산 아래였는데
서울 돈암동으로 이사했다

한집에 두 분 외종조모가 계셨다

"건강에 해롭다. 술을 많이 마신다며?"
"오죽하면 그러겠수. 속은 타고 ."

지당한 말씀을 건성 들으며
헐레벌떡 허기 채우기에 나는 바빴다

초라한 젊은 날의 초상

두 분 할머니!
이 외종손 나이 일흔다섯을 넘겼습니다

그날 촌극이 밀물처럼 밀려온다

피하주사 皮下注射

아침마다 피하주사를 꽂다

처음엔
사과에다 주사 찌르는 연습부터 한다
주사바늘이 바르르 떤다
아는 것보다
모르고 사는 쪽이 한결 편하다
하루는 혈관을 잘못 건드리다가
그 주위에 멍이 번진다
오동나무 꽃 빛깔이다
이 일을 끝내고 나서야 하루가 시작된다
우울한 날 아니어도 멍은 남는다
가을 빗소리
오동나무 꽃은
질 때도 향기를 낸다

아침마다 인슐린 주사를 꽂다

귀신

신기한 것이 자꾸 생겨서
깜짝깜짝
놀라게 하는 세상이지만
이것만은 진짜 모르겠더라

귀신이 있어
손바닥 환히 들여다보듯
전후좌우로 길을 향도한다
방향을 획 돌려도
연신 따라다니더라

햇빛 좋은 날
보조석에 앉아
초여름 산천을 즐기고 있는데
멀리 산빛이 꿈같다

귀신은 숨어서
형체를 드러내기 꺼린다지만
명명백백

고속도로를 지금 질주 중이다
지방도로 구석구석
누비는 중이다

애지중지

돈이 될 수 없는
명예일 수도 없는
시가 태어났을 때

기뻐서 소리 지를 뻔했다
애지중지 안주머니에 넣고 다니며
폈다 접다 해서
그 자리가 헐었지만
몇억 보증수표보다 뿌듯하더라

배가 좀 고프면 어떠랴
이 세상 태어나서
백일이나 돌잔치 해준 일 없지만
쑥 자라주었다
아픔 반 눈물 반
혼자 만들어낸 나의 흔적
깊은 철야 속
반짝이는 별처럼
시는 살아 있더라

소

활모양의 긴 뿔을 한
동남아 지방에서 써레질하는 소나
포악하게 길들여진 스페인의 투우나
소는 소지만 왠지 낯설다

일본사람은
순종을 강요하기 위해
조선어독본 첫 장에
〈소〉를 가르쳤다

들판에서 풀을 뜯다가
산 그림자 밟는 걸음
위태위태하면서도
뚜벅뚜벅 한결같았다

외양간에서 별 보며
반추하는 조선의 소야
글썽대는 눈가에는
조선의 정이 스친다

가로수

담양潭陽 들어가는 길목에
시원시원한 길이 펼쳐진다
양편으로 곧게 뻗은 가로수
신나게 달리다가
명패가 눈에 띄었다
그 이름 메타세콰이아

죽부인竹夫人을 처음 만난 것도
이 길을 통해서였다
긴 여름을 함께 끼고 놀았다
그와 멀어지는 사이
가을이 이미 와 있었다

바늘잎도 적갈색으로 물들었다
발밑으로 낙엽을 조용히 쓸어내고
원추형 알몸으로 서 있었다
가로수 위로 올라갈수록
점점 커지는 공간
역시 정상은 외롭구나

2부

슬픈 격상

간단하다

검은 리본 속 사진
입 언저리 파르르 떨며
무언가 말을 할 듯 말 듯하다

땅을 파고
하관하고
마지막을 햇살이 덮어버린다

누군가 나직이 말한다
착한 일 많이 했으니
좋은 곳으로 갔을 거야

간단하다
일생이
너무나 간단하다

동그라미

기하 선생이 흑판에다
동그라미를 커다랗게 그렸다

마치 컴퍼스를 댄 것 같아
우리 눈은 휘둥그레졌다

공부는 멀리하고
동그라미만 그려댔다

시작과 끝이 맞물려서
원이 되지만

번번 어설펐다
나자빠진 그날의 흔적이 선하다

시작과 끝이 맞물려서
언제 하나의 동그라미가 굴러갈까

연꽃

시간에 갇혀 연못으로
구름이 지나간다
빈 하늘이
성큼성큼 흰 구름이 모인다
돌을 던진다
가늘게 퍼지는 파문
수면 아래는
탁한 냄새
꽃 한 송이 쑥 올라와서
가부좌跏趺坐한다
아, 연꽃

슬픈 격상格上

아저씨 혹은 할아버지
호칭이 들쑥날쑥하다가
요즘은
할아버지로 통일되었다

할아버지로 격상이 됐다
손자놈 눈에 옛날이야기 잘 해주는
묻는 말에 척척 응하는 할아버지로
비치게 될까

병원이나 약 먹는 횟수가 늘었다
당의정 입혔거나
알몸 알약
한 움큼 입에 털어 넣는다

그 종류가 많은 약
제자리 찾아가 무사히 갔을까
더러는 의심을 한다
이런 의심이 슬프게 한다

가난

가난은 추위를 따라다닙니다

평생을 공무원으로 살아온
아버지는 늘 빠듯했습니다

빠듯하다 못해
항상 썰렁했습니다

물이 너무 맑으면
고기가 모여들지 않아

그런 수군거림을
여러 번 듣고 살았습니다

아버지의 가난과 나의 가난은
동의어同義語가 될 수 없습니다

아버지의 가난은
더 맵고 추운 바람입니다

적막감 寂寞感

큰 강당 구석에
피아노가 있었다

메트로놈 바늘이
찰각찰각 움직이고 있었다

규칙적으로 소리 내고 있었다
왈각 무섭다는 생각

그런 적막감마저
지금은 없다

먼산

작가 이문구가 내 취미를
먼산 바라보기로 치부했다
정곡을 찔렀다

교실에서 먼산 바라보는 선생의 모습이
멋졌노라고 먼 제자들은 회상한다

창밖을 응시하다가
불현듯이 "종이" 했다
A4용지 한 장과 연필까지 대령하면서
"할아버지 시상이 생겼죠? 맞죠?" 한다

참 빠르구나
돋보기 너머로 손녀딸이 보였다

노을

아까운 시간이 흐릅니다
서쪽 해는 짧습니다
저녁노을이 곱습니다
양탄자처럼 구름이 아름답습니다
이 많던 시간을 놔두고
왜 조바심인지 모르겠습니다

연말이 되면
우체국 직원들이 바빠집니다
산처럼 쌓인 우편물 앞에
한장 한장 소인을 찍어갑니다
그 빠른 손놀림에 휘둥그레집니다

하루는 잠깐입니다
그 하루가 쌓여서
어정쩡한 생애가 됩니다

허공

오솔길을 가다가
아침이슬을 등에 업고 핀
예쁜 꽃에
말을 건네 봤지만 답을 주지 않더라

길을 오르내리며
때로는 울부짖기도 하고
소곤소곤 달래도 보았지만
아무 반응이 없더라

해거름
둥지로 바삐 가는 새
찍찍 몇 마디 하긴 하던데
통 알아들을 수가 없더라

그래도 기댈 것은
무궁무진한 이 거대한 허공
비어서 언젠가는
한말씀 들려줄 것으로 믿는다

근황 近況

가끔은 시를 버릴까 하다가도
진짜 그렇게 되면 어떡하나
망설이다가 잠이 들었습니다
결말도 없이 말입니다

시름시름 병으로 눕고 말았습니다
꿈을 꿉니다
이왕 꿈이라면
행동반경을 넓혀도 될 일이지만
이마저 궁색합니다
가난은 깨어날 줄 모릅니다

가끔은 가위에 눌리다가
기어이 앗 소리를 지릅니다
식은땀이 흐릅니다
아, 살아있구나
발가락을 만지작거려 봅니다

시집詩集

좋은 시집을 받아보는 일은
지기를 만난 만큼이나 반갑다

한편 한편
여백을 많이 둔 시다

빗소리가 들린다
기다리던 비다

비는 사선으로 흔들기도 하고
직선으로 꽂히기도 한다

빗줄기가 끊기면 어떡하나
가늘어진 것 같아 조마조마했다

모처럼 흡족히 내렸다
다시 읽기 시작한다

요즘 시는

가뭄 타는 데 익숙하다

오늘 시집은
주룩주룩 빗소리로 흥건하다

씨부렁거린다

햇살이 방안을 기웃거린다
절간 같던 방안이 떠들썩하다
살아있는 사람들의 웅성거림

차례를 올린다

세배를 받으며
미안하다
미안하다
미안타……

미안하다는 대상은 누굴까
딱히 누구라 가리키는 이 없이
나는 자꾸만 씨부렁거린다

아침 깃발이 펄럭인다
한해가 시작된다

흔적

짙은 안개 방황 끝에
미치도록 뛰고 싶은 날이 있다

돈이 될 수 없는
명예라고 내세울 수도 없는
시가 태어났을 때
안주머니에 넣고 다닐 때
폈다 접다 해서 헐었지만
몇억億 보증수표보다 더 뿌듯했다

공수표면 어떠랴
배가 고프면 어떠랴
이 세상 태어나서
아픔이다가
눈물이다가
내가 혼자 만들어낸 이 흔적

깊은 칠야 속
별보다 반짝이고 싶은 날이 있다

달랑달랑하다

늘 부족했지만
그것이 오히려 정상 같았다

호주머니 속
동전은 비어 있는 날이 많았다

지갑은
그때나 이제나 썰렁하다

소슬한 가을밤이면
보름달이 기다려졌다

나름대로의 꿈은 있었다
조그마한 꿈이지만

다 버리고 싶다
버릴 것도 없지만 버리고 싶다

목숨이 경각頃刻에 있다 해도

슬픔을 구경하듯 하고 싶지는 않아

무언가 모자라는 것 같고
언제나 달랑달랑하다

제한

하늘하늘
코스모스가 바로 눈앞인데
얼굴로 만나고 싶은데
제한구역
더는 들어가지 말라는 팻말이
나를 가로막는다

그런 팻말
도처에서 만날 수 있다
생명보험도
나이 제한 때문에 퇴짜라 한다
입산금지를 알리는 표지가
팔랑팔랑 나부끼고 있다

제한구역이나 금지구역을 잘 지켜주는
일등시민만 사는 세상은 아니다
천국 들어가는 길목도
이런 팻말이 서 있을 때
우리는 얼마나 당황해야 하는가

앵앵거리다

전깃불을 끄면 우리 방은 칠흑이다 더는 어두울 수 없는 절벽이다

철 지난 모기 한 마리가 어둠 속을 앵앵거린다

그 소리는 가냘픈 가락으로 들리다가 공격 신호로 일변한다 얼굴 부위를 노리고 있다 반사적으로 탁 쳤다 멀리 도망친다 조준이 빗나간 모양, 번번이 실패한다 손바닥 치는 소리가 컴컴한 방안을 흔든다 부아가 난다 모기 한 마리와 대결에서 질 수는 없지 살충액을 뿌려서 그놈을 죽여 버릴까

모기 보고 칼 빼기라 하던가 간헐적으로 잉잉거린다 그래도 참자, 체신머리가 없어서야 쓰겠는가

고맙습니다

고맙습니다
인사말이 내게는 서툴다

몸에 배지 않아 그런지
입이 잘 떨어지지 않는다

오히려 쑥스럽다
어색하기도 하다

언제부터인가
이런 말이 봇물 터지듯 하였다

손해 보는 일도 아니면서
왜 그토록 인색했을까

그 많은 신세를 지고 살아왔는데
세상의 빚은 어떻게 갚나

따르릉 전화가 왔다
네네, 고맙습니다

갈대밭

넓은 갈대밭이 순천順天에는 있다
비집고 들어설 틈을 주지 않고
물기가 빠져나와
더 가벼운 갈대가
몸 전체로 흔들리는 장관이 있었다

다시 그곳을 찾았을 때는
묵은 갈대가
푸른 잎으로 갈아입는 중이었다
무슨 잔칫날처럼
개개비는 보이지 않고
온통 소리만 요란을 떨고 있었다

이왕 갈대라면
이 순천 갈대밭으로 와
살갗을 비비대며
짠 바닷바람 맞으면서
외로움 털어낼 줄 아는
그런 나이만큼 자랐으면 한다

3부

거짓말

집 한 채

하얀 길이
다 끝나지 않은 곳에
집 한 채
쓰러질 듯 서 있다

담도 대문도 없는
이 집 주인은 누구일까
신록에 싸여
오히려 고대광실이다

멀리 뻐꾸기가
한데 어울린다
허술한 집 한 채
꿈속 궁전 같다

무주구천동

한여름의 물 기세는 꺾였지만
이름값은 그대로구나
무주구천동은
높이로 올라가는 것이 아니라
길이로 가야 한다
계곡 이십오 리 길
하늘이 빠끔히 내려다본다
잎새 깨끗이 털어버린 자작나무
알몸으로도 춥지 않다
계곡 물소리가 발을 씻는다
아래는 초봄 같은 날씨인데
백련사 기와 고랑에
살짝 눈이 쌓였다
하늘만 빠끔한
무주구천동
그 계곡 물소리
갈지자로 걸어서 아주 멀다

참새

너희 부지런은 당할 수가 없다
우리가 부스스 눈을 뜰 때
이미 너는 산뜻하게 깨어 있었다
처마 밑으로 혹은 나뭇가지를
쫑쫑 오르내리며 아침을 노래했다

우리 주변을 맴돌고 있는 새
흔히 볼 수 있는
아주 평범한 새
흔해서 사랑을 덜 받는 새
작은 새

참새가 짹짹 운다 해서
짹짹은 너희 무리
통틀어 붙인 대표음
운다는 것도 독선적인 표현
너무 상심 말라

한번도 멀리 떠난 적 없는 새

우리는 친할 수밖에 없는 사이
깜빡했구나
무관심으로 살아 왔다
참새여, 미안하구나

낮달

어머니가 쓰신
얼레빗 하나

이쪽을 빤히
바라보고 있다

고래

동해로 고래가 왔다
거센 파도를 앞세우며 진객이 왔다

수면 위로 솟구쳤다가
이내 잠수하는 고래떼

큰 덩치에 날렵한 묘기
그것에 넋을 잃다가 줄행랑쳤다

친구들의 비명소리
어렴풋이 들린다

푸른 바다
약한 것은 언제나 먹히는구나

거센 파도를 앞세우며 진객이 왔다
동해로 고래가 왔다

승부

떠난다는 약속 한번도 한 적 없지만
서둘러 떠나고 있으니
나도 그래야 될 것 같습니다

그 많은 시간 혼자 남아서
심심함을 달래는 고역보다는
수월할 것 같아서입니다

아직 어디라고
딱 정한 바는 없습니다

아무리 먼 곳이라도
춥고 척박한 땅이라도
스포츠 생중계 방영하는 곳이라면
상관치 않습니다

생중계는 미치게 좋아합니다
승부가 깨끗합니다

줄다리기

줄다리기한다
힘껏 당긴다
영차 이엉차

금년부터는
지는 편에
트로피를 주기로 했다

규칙이 바뀐 것도 모르고
이를 악문다
영차 이엉차
힘껏 당겨라

땅거미가 내려앉는다
막상막하
이번 승부도
쉬 끝나기는 어려울 것 같다

취미

취미가 뭐냐고 간혹 물어올 때
선뜻 내세울 만한 것이 없다
그 흔한 고스톱도 칠 줄 모른다
무취미 인생이라고나 할까

하나 있다
스포츠 중계 보는 것
아첨하고 조작하는 일 없는
깨끗한 승부의 세계

허약한 체질이라
운동하고는 거리가 멀지만
스포츠 생중계만큼은
가히 광적이다

두 시간 넘게 텔레비전 앞에서
마라톤 생중계도 놓치지 않을 만큼
우직하다
어쨌든 취미는 즐기는 것이다

숲

몇 번을 서성거리다가
기어코 잠입했다

놀랍구나
회색으로 가득 찬 숲

거침없구나
건물은 거의 직선이구나

새장에 갇혀서
표정이 바랜 사람

맑던 음성은 변하고
끝내 벙어리가 된 새

여기는 아니다
날자 날자

푸른 숲
귀환을 서두는 새

긴장감

높아서
올라갈 사다리가 없다
광대무변해서
하늘은 울타리가 없다
버리는 일 없으니
환경감시원의 수고도 없다
활짝 비어 있는데도
도둑의 발자국이 없다
저 너머
구름이 왔다가 곧 사라졌을 뿐
아무것도 없다
보이는 것은 파란 색소의
깊은 침묵이다
팽팽한 긴장감
이것이 하늘의 전부다

식구들

남으로 가는 기러기
선도에 따라
일렬종대다
단출한 식구라서
명령이 따로 없다
달빛에 썩 어울리는 나들이다

파도친다
까만 철새들이 요동친다
대단한 식구를 거느렸다
일사불란
충돌사고도 없다
철새떼의 질서는 부럽다

나비

나비 한 마리

숲을 지나 강을 지나
공한지를 돌아
여기까지 왔구나

노란 나리꽃
촛대에 불을 켜고
신부를 기다리는 중이다

비틀거린다고 나무라지 말라
낯선 여행길에
발도 아프고 심통이 나
소주 한잔 걸쳤다

딱, 그뿐
아무 일 없었다
너무 탓하지 말라

촛불 꺼질라

그리움

어둠 속에 비가 살아 있네요
산에 들에 퍼붓는 빗줄기
흠뻑 젖고 싶네요

칠흑 같은 밤
천둥 번개가 잠잠한 걸 보면
그리움이 남아 있는 모양이네요

실컷 퍼부어욧
이만한 무게로
천지가 개벽하는 건 아니잖아요

까마득한 밤에
힘차게 쏟아지던 빗소리
그날의 짐승 울부짖음

그리웁네요

가을

가을을 쪼개고 또 쪼갠다
그대로 보내기는 너무 섭섭하다
사람의 목소리가 모처럼 탁 트이고
이 세상 서 있는 온갖 소리가 투명하다
물소리는 더욱 맑다
가을의 명창名唱이 전부 모인 것 같다

여행을 떠나자
짧은 여행은 어떠리
시내버스를 타고
다시 시발점으로 돌아오면 된다
같은 산도 다시 새롭다
논의 벼 물결이 날로 황금빛이다

산자락에서 억새가 흔들고 있다
바람은 보이지 않고
연신 흔들고 있다
화투 스무 끗 둥근달이
억새들 사이사이 달빛으로 놔두고
풀벌레 장송곡이 조금은 서럽다

노여움

멀쩡한 하늘에
먹구름이 모여들어서
우르릉 천둥소리
벼락 번쩍이는 것을 보면
쉬 풀릴 것 같지가 않다

하늘의 노여움
땅의 노여움
가득가득 차 있어라

먹구름이 끝난 것을
어떻게 미리 알고
풀벌레 소리
저토록 곡진한 것을 보면
아직 멀었다는 생각이다

거짓말

이발소에서 막 나오는
그를 만났습니다

한번도 거짓말한 적 없다
차라리 지옥에 갈망정 그런 일 절대 없다

성인군자 같은 그 뒤통수에
욕을 퍼부었습니다

거짓말인 줄 알면서도
기를 쓰고 했습니다

골목에 땅거미 지는 줄도 모르고 다투었습니다
언쟁 소리가 큰 길까지 들렸다고 합니다

왜 그랬는지 모르지만
지금도 후련합니다

풍경

된서리가 내렸다
눈처럼 세게 내렸다
햇살에 아지랑이 같다
까마귀가 날아간다
어디로 가는 것일까
발자국 찍어놓았으면 좋았을 텐데

멀리 산등성은
잎 떨쳐버린 나무가
창 들고 서 있는 졸병 같고
다른 산등성은
적진을 무찌르고 난 함성소리
높이 팔을 쳐들고 있다

차창 밖 새 풍경이
획획 지나간다
우리는 약속이나 하듯
입을 다문 채였다
자꾸만 뒤로하고
떠나는 나그네라서 그럴까

생애

손바닥보다 작은 명함에
약력이 빽빽합니다
뒷면까지 이어집니다
힘들겠다 생각했습니다

이름 석 자 사랑하던 사람
이름 석 자 넉넉하던 사람
이름 석 자 따뜻하던 사람

명함 한장 없이
가볍게 살다 갔습니다
욕심을 부리다가
숙맥처럼 떠났습니다
황급히 갔습니다

풀잎에 머물다
또르르 이슬로 사라졌습니다

버릇

똥 싸는 일을 점잖게
뒤를 본다고도 한다

재래식 변소에 쪼그리거나
좌변기에 걸터앉거나
아무리 귀한 몸이라도
어쩔 수 없는 일상이다

창자를 통해 나오는 찌꺼기
빛깔은 어떤가
말랑말랑한가
떡가래처럼 빠졌는가

살 날 아직 남았는데
앞은 보이지 않고
겨우 뒤나 챙기는
이상한 버릇이 생겼다

뒷간 이야기

뒷간은 멀리할수록 좋다고 한다 먹는 일 다음으로 중요한 것이 오줌똥 싸는 일인데 옛 사람들은 왜 그것을 홀대했을까

외갓집도 예외는 아니었다 한참 마당을 지나 후미진 곳에 있었고 낮에도 어두컴컴했으며 그 뒤로 쌓아둔 잿더미에서는 가느다란 연기가 피어오르곤 했다

몽달귀신 이야기라도 나오는 밤이면 한 발짝도 나갈 수 없었다 참을 수 없어 마당가에 엉덩이를 까고 앉았다 수숫잎은 바람에 스스스 흔들리고 별들은 유난히 눈을 끔뻑거렸다 도깨비불도 저렇게 생겼을까

무서운 속도로 아파트가 용립하고 있다 뒷간이란 이름도 사라졌으며 몽달귀신 얘기도 없다 안방 곁에 화장실을 모시고 산다 향수를 뿌리며 나긋나긋 오줌똥 싸며 살고 있다

4부

■ 시인의 얼굴과 육필

집 한 채

암 강변

하얀 길이
다 끝나지 않은 곳에
집 한 채
쓰러질 듯 서 있다

담도 대문도 없는
이 집 주인은 누구일까
신록에 싸여
오히려 고대광실이다

멀리 뻐꾸기가
한데 어울린다
허술한 집 한 채
꿈 속 궁전 같다

5부

기대라 한다

깃발

게양대 높은 꼭대기에
나부끼는 태극기

하늘이
쪽빛보다 더 푸르다

깃발이 크게 흔들린다
바람 탓일까

차렷 자세로
콸콸 박동하는 붉은 피

그 심장에
조용히 바른손을 얹어본다

여전 파동 친다
아픔 같은 것이 엄습한다

투망

겨울에
투망질한다

그물을 던진다
공중에서 멀리 퍼진다

파도치듯
철새가 까맣다

천수만으로 내려앉는
가창오리떼

혼자 보기엔 너무 미안한
이 장관

하늘을 향해
힘껏 투망질한다

스윙

높은 하늘 파란 잔디를 보면
불현듯 골프 생각이 난다
골프채를 잡은 적 없으면서
왜 갈기고 싶은 걸까
가을이 깊어도
쓸쓸한 느낌이 안 날 때
신물 나도록 싸움으로 지쳐 있을 때
부글부글 안에서 끓어오를 때
그래서 지구가
골프공처럼 작아 보일 때
스윙하고 싶어라
힘껏 던지고 싶어라

가을빛

가을이 깊어갑니다

쪽빛 물감으로 가득 칠하고

중간쯤에서

한 획을 긋습니다

가느다란 수평선이 가물거립니다

단조롭지만

그 위로는 하늘

그 아래로는 전부 바다입니다

한거 閑居

누더기가 된 의자에 앉아
하늘을 본다
바람소리를 본다
삼라만상을 본다

멀리 도시에서 온
덤프트럭 가득
쓰레기 부리는 소리
썩지 않는 것이 섞인다

이름 모를 새 한 마리
찍 똥을 갈기고 간다
작은 부리로 열심히 쪼아 먹던
그 기억을 공중에 버린다

아, 시원하다

저 푸르름

사람을 만나서
높게 올라간 아파트를 만나서
질주하는 소음을 만나서
피곤 때문일까
눈에 핏대가 서다

안약
몇 방울 떨어뜨린다

교외로 나갔더니
진격하듯 쏴— 밀려오는
저 푸르름
아무리 보아도 싫증은 없고
눈에 충혈이 서서히 가시다

초침소리

계곡물이 흘러간다
단풍잎이 뒤따라간다

진홍빛 단풍은 보이지 않고
강물은 강물과 어울린다

거슬러 올라오는 시간이 있다
찰칵찰칵 숨 가쁜 초침소리

언젠가는
이 초침과 만날 것이다

두려우냐
아니라고 고개를 가로 흔든다

천연스럽게
거짓말을 또 했구나

진짜 같은 거짓말에서
홀가분했으면 한다

황홀

숲을 빠져나와
길로 들어섰다

은행나무가
곧게 뻗어 있었다

황금으로 물든 가로수가
길을 내주고 있었다

덜컹거리며
마차가 석양을 향해 달리고 있었다

황홀하다는 것이
바로 이런 것이었구나

황금마차가 꺾일 때까지
동화 속 내가 서 있었다

돌

쨍그랑
유리창 깨지는 소리

아니다
아니다

나를 향해
돌을 던져라

기념비적인
돌이 되거라

배경

여섯 살 때
새 양복에 개똥모자까지 썼는데
눈을 크게 뜨라고 해서
있는 힘을 다 했고
마그네슘 터지는 바람에
휘둥그레진 눈만 놀랬다

배경이 없는 사진
기댈 것이 별로라 그랬을까
멋진 배경 앞에 서 보아도
길게 한숨만 늘고
한숨은 사진에 찍히질 않았다
겸연쩍은 표정만 수두룩할 뿐

인연

새가 날다가
얼마나 급했으면
항문을 쳐들고
찔끔 했을까

무심히 갈긴 배설물이
옷소매로 떨어졌다
묽고 하얀 똥이다

인연치고 가벼운 인연이 아니다
고압전선 너머로
이름 없는 새의 날개가 가볍다
얼마나 시원할까

소인消印

연말연시가 되면
누구나 바쁘기 마련

우체국 직원들의
소인 찍는 빠른 손놀림

산처럼 쌓인 세월을
조용히 허문다

날마다 나는
하루치의 소인만 찍는다

하루치의 소인을 찍는데도
지겹다

기대라 한다

나무 한 그루
너무 어려서
거들떠보지 않았지
어느새 훌쩍 자라 기골이 되었다

이것저것 걱정이 많아
주저주저하느라
더는 크지 못한
나의 허송세월

안아준 일도 없는데
풍상을 견디느라
얼마나 애썼느냐
한마디 말도 한 적 없는데

나무 한 그루
사그라질 듯한
힘없는 작은 어깨
허전함을 여기에 기대라 한다

좋은 시 쓰세요

좋은 시 쓰세요
후줄근한 이 세상
그늘에서 죽어가는 사람 많아요
건강한 시 남기세요

별 관심 없어 보이던 사람이
내게 던진 말이다

어떤 시가 좋은 건지
아직도 모르고 있지만
부지런히 써야겠다
쓰다보면 새벽이 오겠지

먼산 보며
화답하듯 씨부렁거렸다

재주

자작시를 술술 암송하는 시인을 보면
두 번 쳐다보게 된다
나에게는 없는 그 재주 때문

마음만 먹는다면 못할 것도 아니지만
그렇게까지 기 쓸 필요가 있을까

어느 젊은 시인은 자기가 암송 못하는 시는
가짜라면서 시집에 끼워 넣지 않는다고
기염이 대단하다

도전 1000곡이라는 음악 프로가 있다
가수들이니 박자는 그렇다 치고
남의 노래 중 가사가 두 번 틀리면 실격

그런 고비를 척척 해내지 않는가
나로서는 여간 쇼크가 아니다
부럽고 슬그머니 부아가 난다

재주는 진짜 천래적인 것일까

도깨비바늘

가을과 어울리기로 했다
나의 심란을 얼마나 달래줄까

산에 오른다
폐활량을 가늠하며
길게 심호흡한다
고소한 냄새가 난다
착 가라앉은 산의 냄새다
산새들의 목청이 맑다
바람과 수시로 통한 탓이리라
메아리 다음의 긴 침묵
감당 못 할 만큼의 깊이다

하산하며
바짓가랑이에 붙은 도깨비바늘
그 바늘 떼느라 애먹었다

소망

지하도 계단 입구에서
구걸하고 있는 장님을 만났습니다
몇 번 망설이다가
백 원짜리 주화 몇 개 던졌습니다
떨어지는 그 음향이 좋아서입니다

딸랑딸랑
구세군 종소리가 다가옵니다
그쪽으로 가다가
얼른 몸을 피했습니다
골목길로 종소리가 지금도 따라옵니다

따르릉 천 원입니다
〈사랑의 리퀘스트〉를 즐겨 시청하면서
짐짓 무관심했습니다
성금이 얼마 모아지지 않을 때
안절부절 못하면서도 태연했습니다

새해 아침

함박눈이 내립니다
바람보다 가벼운 눈이 쌓입니다
꾸미거나 착한 체 않기로 했습니다
하얀 눈으로 있고 싶습니다

한중망 閑中忙

유년시절
성냥갑에 가득 파리 잡아오면
돈 몇 푼 준다는 꼬임에
여기저기 손바닥 탁탁 치던 소리

그놈이 무서워서가 아니라
더럽거나 귀찮아서 쫓아버린다
똥 위에 앉다가
서슴없이 음식물에 끼어든다

힘껏 내리쳐서 창자가 터졌다
살충약을 확 품는다
방바닥에 떨어지는 까만 주검
이런 헤픈 죽음이 또 있을까

책상머리 난초 잎에
손발로 싹싹 비는 파리 한 마리
어떻게 할까 하는 사이 휭 날아간다
그래그래 썩 잘했다
멀리 도망치거라

토론

햇볕 좋은 날 꽃들이 모여서
난상토론을 벌였다

행복과 평화에 대하여
자기도취에 대하여
남의 폄훼貶毁에 대하여
성형수술에 대하여

공고한 적도 없는데
벌과 나비가 날아와서는
열심히 경청한다

갑론을박 끝에
이런 결론을 내고 산해했다

자만을 배격한다
자기 의사를 강요하지 않는다
풍염豊艶대회를 열지 않는다
고독을 합리화하지 않는다

■ 시인의 꿈과 길

나의 문학 주변, 기타

나는 일제 때 공주중학교(6년제)에 입학했다. 전시戰時라 공부는 뒷전에 밀리고 각종 봉사 활동에 동원되었다. 2학년 때 해방을 맞이하였다. 그리고 혼란의 와중에 빠지게 됐다. 그때 담배에 손을 댔고 술도 배웠다. 결석도 다반사였다. 말하자면 불량학생이 되었던 것이다. 방학 때는 친구와 함께 영등포 판잣집에 머물면서 돈벌이를 한다고 꼭두새벽에 미군 인력시장, 그 장사진 속에 줄을 서 보기도 했지만 몇 번을 바로 앞에서 끊기곤 했다. 세상이란 그리 쉬운 것이 아니라는 것을 체험했다.

1950년 4월, 그럭저럭 졸업을 했다. 그야말로 그럭저럭 이었다. 그런 가운데도 1949년 서울에서 발행한 『중학생中學生』지에 시를 투고도 했고, 그간 습작한 시를 모아 단권 시집도 냈다. 주황색 종이를 구해 한편씩 또박또박 글씨를 썼고, 장정은 미술반 학생에게 부탁했다. 『해바라기』란 시집이었다. 그 무렵 대전일보 창간 5주년(?) 기념으로 공모한 문예콩쿠르에 「산딸기」가 당선되기도 했다. 인각유일능人各有一能이라 했는데 내겐 다른 재주는 없고 문재文才는 조금 있었던 것 같다.

졸업 후 공주사범대학에 입학했다. 6월 1일 입학하고 강의실 몇 번 가보지도 못하고 6·25가 터졌다. 자연 휴교할 수밖에 없었다. 처음엔 피난민 속에 끼지도 못하고 1·4후퇴 때는 안 되겠다 싶어 공주에서 대구까지 순전히 발로 걸어서 피난을 갔다. 그 다음해 5월 20일 복교, 생사를 몰랐던 학우들이 꾸역꾸역 모여들었다. 살아있다는 사실 외엔 별로 달라진 것이 없는 얼굴들이었다.

정부수립과 함께 공주사범대학이 재탄생되었다. 역사가 일본 천하고 전시 중이라 모든 것이 제자리를 잡지 못하는 혼란 속이었다. 물론 학내 서클 같은 것도 없었다. 〈시회詩會〉가 유일한 오아시스였다. 이원구, 이재복 두 분을 지도교수로 모셨다. 모임은 국문과 학생이 주류였고, 20~30명 회원들이 토요일 강의실에 모여 자기 작품을 복사해서 배부하고 자작시 낭독, 그리고 합평회 순서로 진행되었다. 의외로 반응이 좋았다.

처음엔 서툴렀다. 회를 거듭하면서 한번도 거르는 일 없이 그 열의가 대단했다. 강의실 강의보다 이 모임에 더 열성을 보였다.

문학은 고독한 작업이라 한다. 그 고독이 뼈저리게 괴롭혔다. 나의 문청시절엔 문학을 얘기할 선후배도 없었고 상의할 스승도 없었다. 문학하면 배고픈 직업이라는데 누가 감히 시 운운하겠는가.

사위四圍를 돌아보아도 이끌어줄 손은 없었다. 거친 황무지뿐이었다. 이런 황무지에서 문학의 싹을 틔운다는 것은 여간 힘든 일이 아니었다.

대학 다닐 때도 6·25 전후 혼란기라 제대로 강의나 체계적인 문학 수업이 없었다.

1955년 가을, 동료 교사 몇이서 시장 구경을 하고 있었다. 충남의 알프스라 불리는 청양땅은 산세가 좋고 물은 맑았지만 문명과는 거리가 멀었다. '꽃필서점'이라는 서점이 있었는데 대개가 중고생 대상이었다. 변변한 교양서적 하나 없는 시골이었다.

내 발을 멈추게 한 것은 눈에 들어온 『현대문학』이었다. 『현대문학』 10월호를 집어 들고 목차부터 살피는데 이게 웬일인가. 내 시가 추천되어 있었다. 순간 전류가 흘렀다. 분명 내 시 「항아리」가 박두진 선생 추천으로 되어있었다. 하숙집에 와서 읽고 또 읽었다. 어떻게 된 영문인지 실마리가 풀리지 않았다. 한동안 안개 속을 헤매다가 겨우 찾아냈다. 연전에 김구용 선생이 시가 있으면 보여 달라고 한 기억이 살아났다. 추천이란 말은 한마디도 없었다. 김구용 선생의 일을 까맣게 잊고 있었던 것이다.

나의 문학과 시장과는 깊은 인연이 있는 것 같다. 해방되어 공주 노점에서 『문장文章』지를 처음 만났고, 청양 장터에서 내 시가 추천된 『현대문학』을 만났으니 말이다.

1956년 1월호에 「코스모스」가 2회 추천을 받았다. 『현대문학』지는 국내 유일의 순수문예지였다. 『문예』가 폐간된 후 문학 지망생들의 선망의 대상이었다. 말하자면 등용문이었다. 언감생심 추천을 어찌 바랄 수 있었겠는가. 도저히

믿기지 않았다. 1956년 나의 모교인 공주중학교로 자리를 옮겼다. 그해 8월호에 「새」가 추천되어 3회 추천을 마쳤다.

개명 공주에서 첫 시인 탄생이라고 환호했다. 스승, 선후배, 그리고 친지들이 고궁다방에 모여 축하회를 열어주었다. 내 생애 처음으로 꽃다발을 받았다.

이 땅엔 시가 많고 따라서 유무명의 시인이 많다. 시인이 많다고 손해 볼 것은 없다. 툭하면 살인하고 사기나 치고 인면수심이 들끓는 세상에, 미를 추구하겠다는 시인이 만이면 어떻고 십만이면 어떠랴. 밥 먹고 바로 드러누우면 소가 된다고 할머니는 말씀하셨다. 이런 거짓말은 이 사회에 얼마든지 있어도 좋다는 생각이다. 시인은 아름다운 존재이다. 위안을 준다. 다만 이름만 시인이고 작품이 없는 유명무실한 시인은 도태되어도 좋으리라는 생각이다.

동양시의 원류는 서정성에 있다. 시행이 짧다. 우리나라의 시조, 한시의 오언절구나 율시, 그리고 일본의 하이쿠 등이 그렇다. 동양의 시는 여백을 중히 여긴다. 그래서 여백의 미학이라고도 한다. 간결과 함축성으로 여유를 찾는다.

왜 요즘 시는 길어졌는가. 산문의 영향이 아닐까. 확실히 우리는 산문의 시대에 살고 있다. 그래서 시도 산문화되었다. 행과 연의 구분이 무너졌고 리듬도 사라진 지 오래다. 과연 이래도 되는 것일까. 시와 산문(소설)의 싸움은 이미 끝났다. 그러나 시는 시의 기능이 있고, 산문은 산문의 기능이 있을 것이다. 시가 산문을 닮으려 한다. 시 속에 산문성이 이미 많이 들어 있다. 산문은 많은 것을 포용하자니 길어질 수밖에 없다. 그릇이 커진 것이다. 그러나 길게 썼다고 전부 산문시가 되는 것은 아니다. 길어질 수밖에 없는 개연성이 있어야 한다.

시는 짧을수록 좋은데 시가 길어지고 있다. 난해시 탓인가, 이념을 앞세우려 해서 그런가, 아니면 민중시의 출현으로 그리되었는가. 그렇게 길어진 시는 시적 효과를 얻을 수 없다. 함축미도 긴장감도 느슨하다.

시인은 숙련공이 되기를 거부한다. 자동차 공장에는 라인에 따라 파트별로 자기 맡은 일에만 열중한다. 나사 죄는 사람은 계속 나사만 죈다. 시인은 창조하는 사람이다. 창조하는 기쁨으로 살아가는 사람이다. 독창성이 뛰어난 시인은 독자에게 감동을 준다. 감동의 폭이 클 때 우리는 좋은 시인과 만났다고 환호한다.

한편의 아름다운 시에서 감동과 만난다는 것은 행복이다. 좋은 시를 읽으면 하루 종일 즐겁다. 훌륭한 시집을 만났을 때는 십년지기를 만난 듯 반갑다. 감동은 남에게 강요할 수 없고 힘으로 되는 것도 아니다. 잔잔한 감동일수록 그 파장이 널리 퍼진다. 감동이 없는 시는 무미건조하다. 마치 마른 나뭇가지 씹는 것과 다를 바 없다. 감동적인 시는 생의 깊숙한 곳에서 길어 올린다. 두레박 가득 샘물이 찰찰 넘칠 때의 신선함 같은 것이다. 그 감동은 어디서 오는가. 그것은 상상력이다. 상상력의 훈련이 다져진 시일수록 감동의 폭은 크다.

우리는 가끔 시적이란 말을 쓴다. 시와 시적은 구분되어야 한다. 천하 명산 금강산 길이 뚫렸다. 많은 관광객이 다녀왔다. 기암 승경의 그 아름다움에 감탄했을 것이다. 아, 아, 하는 감탄사가 절로 터졌을 것이다. 이런 상태를 때로 시적이라 부른다. 그것이 시가 되려면 표현이 따라야 한다. 시는 표현이라는 과정을 밟아야 한다. 누군가 이런 말을 했다. 〈나이 어려서 시를 쓴다는 것처럼 무의미한 것도 없다. 시는 언제까지나 기다리지 않으면 안 된다. 그리하여 겨우 몇 줄의 시가 써질 것이다.〉 그렇다. 시는 침묵의 미학이다. 침묵도 위대한 언어라는 역설도 있지만 시는 침묵과 동행하는 예술이다.

시는 요설보다는 간결미, 논리적이라기보다는 상상력의 문학이다. 시는 감정을 바탕으로 깔고 거기에 얼마간의 지성과 결합할 때 아름다운 시가 된다. 개성이 없는 시는 죽은 시, 스스로를 포기한 행위이다. 그리고 서정시는 경제적이어야 한다. 적은 언어로 많은 의미의 울림을 줄 줄 알아야 한다.

우선 정해진 시의 틀에 몰입한다. 그러다보면 답답하다고 느껴질 때가 있다. 부수고 싶은 충동이 생긴다. 그 충동이 자기류自己流의 시를 갖고 싶어한다. 이런 경지에 도달할 때 참 만족을 느끼는 것이다.

나는 습작기 어느 시류나 아류에 편승하기를 거부했다. 남의 시를 읽다 보면 자연히 그 시의 영향을 받게 마련이다. 그 영향에서 벗어나기 위해 직전에 읽은 시를 덮어버리고 그 영향으로부터 최소화하려고 했다.

시는 자기 목소리가 있어야 하고 개성이 뚜렷할 때 살아남는다. 모호한 시보다는 명징한 시, 긴 시보다는 짧은 시, 어려운 시보다는 쉬운 시가 나의 체질에 맞는 것 같다.

시는 강요가 있을 수 없다. 차라리 고집이라면 어떨까. 눈치나 살피고 어느 시의 아류가 되는 것을 타기하자. 닫힌 시보다는 열린 시에 눈을 돌리자.

1931년 2월 22일 공주군 반포면 봉암리에서 부父 임영순任瑛淳, 모母 정순모鄭順謨 사이에 장남으로 태어남.

1936년 8월 13일 어머니 별세. 밖에서 소꿉질하다가 붙잡혀 상복을 입히려고 하는데 성긴 삼베가 무서워 울다가 밤과 대추 유혹에 빠짐. 공주에서 35리인 계룡면 하대리까지 트럭으로 운구, 거기서 다시 상여로 묘소까지 운구, 어린 상주는 장정 등에 업혀 산에 오름. 무남독녀인 딸을 앞세운 외할머니 원에 따라 빤히 바라보이는 앞산에 산소를 씀.

1945년 8월 15일 중학교 2년 여름방학 때 외가에서 일본 패망 소식을 들음.

1950년 4월 27일 공주중학교 6년을 졸업하고, 그해 6월 1일 공주사범대학 입학.

1950년 6월 25일 6 · 25 사변으로 휴교.

1951년 5월 20일 대학에 복교. 이재복, 이원구 교수 지도로 학내 유일한 서클인 〈시회詩會〉 창립. 이 〈시회詩會〉를 통해 김구용, 정한모, 장서언. 김상억 시인 등과 만남. 서울과 부산을 오가는 길에 학교에 들른 박목월, 서정주 시인들의 강연과 격려를 들음.

1952년 3월 31일 공주사범대학 졸업. 그해 9월 4일 청양중학교 교사 발령.

1956년 3월 1일 공주중학교 교사. 공주에서 첫 시인 탄생했다며 환호. 고궁다방에서 스승과 선후배, 친지들로부터 축하를 받음. 생애 처음 꽃다발을 받음.

1956년 10월 1일 박두진 선생의 추천으로 『현대문학』 지에 등단함(추천 작품:「항아리」, 「코스모스」, 「새」).

1957년 3월 1일~1965년 4월 24일 대전 신흥중학교, 공주 영명중학교, 대전 대성중고등학교 교사로 재직.

1966년 10월 5일 충남문화상 문학부문 수상.

1969년 7월 20일 시 추천을 받은 지 13년 만에 첫 시집 『당신의 손』(현대문학사) 출간. 당시 정보원의 감시를 받아 오던 박두진 선생을 은밀히 만나 서문을 받음. 김구용 선생의 제자題字와 발문을 받음.

1971년 7월 26일 충남 추부중학교 교사.

1971년 10월 20일 한국시인협회 간행 현대시인선집 『청와집靑蛙集』(한성기 박용래 임강빈 최원규 조남익 홍희표 공저) 발간.

1973년 5월 10일 두 번째 시집 『동목』(농경출판사) 출간.

1974년 3월 1일 대전 충남중학교 교사.

1977년 10월 25일 충남교육연구원 연구사.

1979년 3월 1일 대전 진잠중학교 교감.

1979년 7월 15일 세 번째 시집 『매듭을 풀며』(심상사) 출간.

1983년 9월 1일 대전시교육청 장학사.

1984년 10월 27일 고故 박용래 시비 건립 추진위원장으로 시비 건립(글 임강빈, 글씨 김구용, 구성 최종태).

1985년 3월 31일 대전 용전중학교 교감.

1985년 12월 15일 네 번째 시집 『등나무 아래에서』(문학세계사) 출간.

1988년 3월 1일 대전 도마중학교 교감.

1988년 4월 28일 평생을 서도書道에 전념하시던 부父 별세. 생전生前에 서울과 대전 등지에서 여러 차례 전시회를 가짐.

1989년 9월 15일 다섯 번째 시집『조금은 쓸쓸하고 싶다』(창작과 비평사) 출간.

1989년 11월 16일 요산문학상 수상.

1992년 6월 10일 대전 가수원중학교 교장.

1993년 9월 1일 대전 용전중학교 교장.

1993년 10월 25일 여섯 번째 시집『버리는 날의 반복』(오늘의문학사) 출간.

1994년 11월 17일 공산교육상(예술부문) 수상.

1995년 11월 20일 시선집『초록빛에 기대어』(오늘의문학사) 출간.

1996년 2월 23일 대전 용전중학교 정년퇴임. 국어과 2급 교사자격증 덕분에 첫 부임지 청양중학교 교사를 시작으로 충남과 대전의 여러 곳에서 교육에 종사. 평교사, 연구사, 장학사, 교감, 교장 등 교직 생활 40년을 마감함. 기념문집『채우기와 비우기』(오늘의문학사) 출간.

1997년 10월 22일 일곱 번째 시집『버들강아지』(오늘의문학사) 출간.

1998년 3월 20일 상화시인상 수상.

2000년 5월 8일 여덟 번째 시집『비 오는 날의 향기』(문학

세계사) 출간.

2002년 10월 15일 아홉 번째 시집 『쉽게 시詩가 쓰여진 날
은 불안不安하다』(리토피아) 출간.

2002년 12월 9일 정훈문학상 수상.

2004년 6월 26일 열 번째 시집 『한 다리로 서 있는 새』(리
토피아) 출간.